중국인 맹인 안마사

심재휘 시집

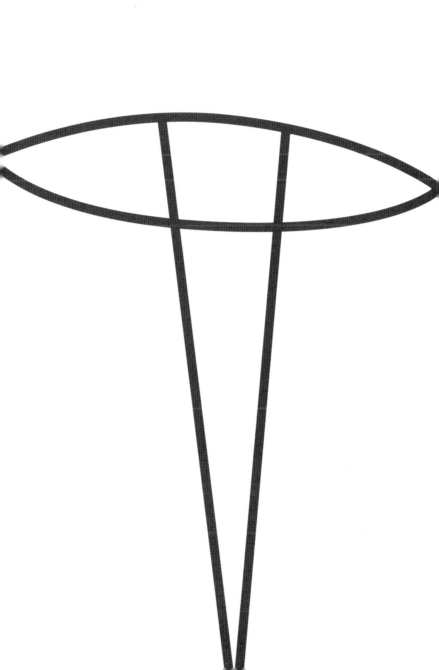

시인

의

말

세월이 많이 지났다.

　　　　　모든 것이 다 한곳을 바라볼 필요는 없다.

　　　　　슬픈 눈을 지닌 개를 데리고 걸어도

이렇지는 않을 것이다.

　　　　　　　　　미안할 따름이다.

해설

1부

지저귀던 저 새는

옛사랑

도마 위의 양파 반 토막이
그날의 칼날보다 무서운 빈집을
봄날 내내 견디고 있다
그토록 맵자고 맹세하던 마음의 즙이
겹겹이 쌓인 껍질의 날들 사이에서
어쩔 수 없이 마르고 있다

중국인 맹인 안마사

상해의 변두리 시장 뒷골목에
그의 가게가 있다

하나뿐인 안마용 침상에는 가을비가
아픈 소리로 누워 있다

주렴 안쪽의 어둑한 나무 의자에 곧게 앉아
한 가닥 한 가닥
비의 상처들을 헤아리고 있는 맹인 안마사

곧 가을비도 그치는 저녁이 된다

간혹 처음 만나는 뒷골목에도
지독하도록 낯익은 풍경이 있으니

손으로 더듬어도 잘 만져지지 않는 것들아
눈을 감아도 자꾸만 가늘어지는 것들아

숨을 쉬면 결리는 나의 늑골 어디쯤에

그의 가게가 있다

지저귀던 저 새는

가끔씩 내 귓속으로 돌아와
둥지를 트는 새 한 마리가 있다
귀를 빌려준 적이 없는데
제 것인 양 깃들어 울고 간다

열흘쯤을 살다가 떠난 자리에는
울음의 재들이 수북하기도 해
사나운 후회들 가져가라고 나는
먼 숲에 귀를 대고
한나절 재를 뿌리기도 한다

그러나 어느 열흘 후는
울음 떠난 둥지에 아무것도 남아 있질 않아
넓고 넓은 귓속에서 몇 나절을 나는
해변에 밀려 나온 나뭇가지처럼
마르거나 젖으며 살기도 한다

새소리는

새가 떠나고 나서야 더 잘 들리고

새가 멀리 떠나고 나서야 나도

소리 내어 울고 싶어진다

징검돌 위에서

맑은 날인데
개울물이 뜻밖에 빠르고
징검돌들은 얼굴을 가린 채 젖어 있다
상류 쪽 먼 산기슭에서는 언젠가
구름이 몰려오고 비가 왔겠다
종내에는 비도 그치고 세월은 흘렀겠다

한데 어찌하여 그날의 빗소리는 이곳까지 흘러왔나
눈 감은 징검돌들 사이에서 왜 소리 죽여 울고 있나

지나간 어느 먼 날에
처음 발 앞에 돌을 놓으며
개울을 건너가려던 한 사람 있었겠다
마음을 점점이 떨어트리고
기어이 개울을 건너간 사람 있었겠다

서로 손을 잡을 수도 없고 거둘 수도 없는

징검돌 사이의 쓸쓸한 간격을 따라갈 때

어느덧 익숙한 보폭 아래로

사무치도록 투명한 물이 흘러갈 때

지울 수 없는 물의 무늬들만 흘러가지 못할 때

이런 날은 내 가슴속에도

물을 건너가던 사람 하나

자꾸 그리워지겠다

세월이 가면

설익게 술을 마시고

서투르게 노래방에 들렀다가 돌아와

깊게 잠든 밤이었습니다

꿈이 아닌 듯 생생하게 마이크를 잡고

'세월이 가면 가슴이 터질 듯한

그리운 마음이야 잊는다 해도'

소리쳐 부르다가 목이 메었습니다

꿈의 바깥에다 두고 온 것이 있었는지 한순간에

곤한 잠에서 각성의 방 안으로 옮겨와 보니

소한에 접어든 한밤중이었습니다

꿈속에서의 울음이 여전히 목에 매달려 있었습니다

남은 잠을 마저 자기에는

세월은 너무 흘러가버렸고

문 앞에 나가보니

신문은 아직 오지 않았습니다

밤에도 새가 우는지

아니 어느 먼 별이 우는지

반짝거리며 글썽거리며

세월이 갔습니다

노래 한 소절 부르는 사이에

나의 세월만 갔습니다

변방에서

섣달 중에도 흐린,

옛 만주국의 어느 변방을 걸으면

갑자기 들켜버린 마음처럼 나타나는

러시아 거리가 있다

첨탑 위에 녹슨 별이 있는 곳

마침내 눈물뿐이었던 모든 것들이

1월의 햇살처럼 말없이 빛나는 곳

영문도 모르는 중국 소녀들이

조잡한 가로등에 기대어 서툴게

눈빛을 보낸다 돌아다보면 그녀들의 어깨 뒤로

고작 이백 미터밖에 되지 않는 짧고도 서글픈 과거

그리고 흉금 속에 남아 있는 오래된 이별

흔적은 지워지지 않고 길바닥에 남아

시작도 끝도 모르는 전차의 궤도가 흉흉하다

사라져버린 것과

사라지지 못하고 남은 것과

잊은 듯해도 나부끼는 무슨 약속 같은 것이 섞여

바람이 분다

나는 희미한 바람도 없이 궤도를 따라 걷는다

변방을 벗어나면 그곳 어디인가

섣달 중에도 흐린

초당이라는 곳

초당의 가을 저녁에 당도해서야 나는 알았네
일찍 죽은 옛날 시인 허초희의 생가터를 돌아 나올 때
멀리 대관령 너머로 막 해가 지려 하고

목백합이라고 했던가
플라타너스 같기도 하고 미루나무 같기도 한
곧고 높은 나무들의 가지 끝에 슬픔의 왕관인 듯
이내 사라지려는 저녁 햇살이 잠시 머물 때에만
아주 잠깐 사람으로 환생하는 말 없는 나무가
초당에 있다는 걸 나는 알았네

들릴 듯도 한 강문의 저문 파도 소리가
가볍지도 않고 무겁지도 않은 바람에 얹혀
해송 숲에 와서야 솨 솨 풀어질 때
가을 저녁에만 어둑한 솔숲을 걸어
눈물 속으로 사라지는 파도 소리가 거기에 있다는 걸
알게 되었네

〉

누군가를 사랑하고 누군가와 헤어지고

저녁 빛을, 파도 소리를, 또 삶을 남겨두고 떠나는 일

해 지는 가을 초당을 걷다 보면

시인의 집처럼 낮고 적막한 이별의 순간들이

뒤돌아보지 않아도 다 보이네

걸음걸음 나 들리네

샤파 연필깎이

사춘기는 수식어가 없는 밤이다

열여섯을 앓고 있는 딸이 눈물방울을 떨구고

아직은 식지 않은 여름밤에

선풍기는 소리 없이 돌고

나는 연필깎이로 샤파 샤파 연필을 깎는다

연필은 어둠 속에다 무엇을 쓰려는 걸까

선풍기는 고개를 좌우로 젓기만 하고

나는 연필깎이를 적당히

정말 적당하게 힘을 주어 돌리는 오래된 손

아빠의 달은 창밖을 공전하고

딸의 별빛은 너무나 희미하고 이 넓은 우주에서

샤파 샤파 아프게 깎고 깎이는 연필의 밤

셀 수 없는 몇 자루의 밤을 몸 안에 품고 오늘은 딸이 운다

그럴 때면 나는 뭉툭하고 눈물이 그렁그렁한 연필을 연필
깎이에 넣고

길고 까만 심이 나오도록 손잡이를 돌리는데

살살 돌리는 방법밖에 알지 못하는 나의 손에는

얇고 구불구불한 눈물의 밥만 가득한데

연필의 내심이 제법 뾰족해져도 나에게는

열여섯 사춘기를 베껴 쓸 수 있는 연필이 끝내 없다

서글픈 딸의 봄밤은 작고 가지런한 그녀의 발등 위로

수식어도 없이 한 방울씩

툭툭 떨어져 번지고 있다

어떤 무늬

오후의 병실에 해가 지나가고
나는 그의 이마를 손으로 짚어본다
아주 천천히 몇 점의 온기가
그의 걸음처럼 내게로 온다
체온을 띠고 만나는 서로의 젖은 뼈 사이에는
바람에 이는 잔물결들만 가득하다

가장 적은 피와 살로 연명하는
이생의 몸 하나를 만질 때
내 아버지라는 무늬의 벽지로 도배해놓은
이토록 낯익은 방 안에 들어와 볼 때
내가 태어나기 전부터 나의 생에 어룽대며 비쳤던
벽지의 무늬

그의 폐가 서서히 저물듯이 저녁이 오고
나는 때늦은 몇 마디 말을 중얼거린다
낡고 여윈 무늬 하나가
나를 쳐다본다

〉

아버지라는 무늬의 방

누군가 이 방의 문을 걸어 잠근다면

나는 그 안에 영원히 갇히게 되겠지만

방 안의 무늬는 캄캄한 어둠 속으로 사라져

다시는 볼 수 없겠다

이별

등교하는 남매를 한 번 더 배웅하려고
아파트 복도 끝에서 내려다본다
6층 난간 위까지 자란 은행나무 잎들의 테두리가
어느덧 노릇해지기 시작하는데 어린 남매는 아직
가지 사이 좁은 틈으로 보이지 않는다

복도의 한쪽 끝으로 슬리퍼를 끌고 걸어온 사람
그리고 마침내 난간에 다다른 사람은
발아래 작은 이별들에게 손을 흔들 때에도
왜 허공 속으로 한 발 더 내밀어보고 싶은 걸까

부챗살 모양으로 퍼져나갔던 은행잎의 초록이
갔던 길을 되짚어 돌아올 때에는 노란빛이다
문을 열고 나갈 때와 돌아올 때가 저렇듯
낯빛이 다르다 그러나 아직은 잎들 무성하고
이제야 가지 사이로 언뜻언뜻 보이는 어린 것들이
나무 위를 올려다보며 보이며 사라지며 손을 흔든다

〉

이 나뭇잎들이 다 지고 나면

손 흔들며 조금씩 멀어지는 저 이별도

날이 갈수록 더 잘 보이리라

건너편 가을

비가 그치고 늦가을 바람이 분다
어제보다 조금 더 눈이 맑고
주머니가 많은 바람이
분다

집 앞 오래된 은행나무 숲을 쓰다듬으며 가을이
동쪽으로 기울어진 소리를 내며 가을이
지나가고 있다

오전에 나갔던 길을 되짚어
은행나무 숲길로 돌아오는 사람

오늘은 바람이 불고
우 우 바람이 불고
사람의 어깨를 저녁이 어루만진다

안개인간

가을도 이른 아침에

지독한 안개를 몸에 묻히며 출근을 한다

바람도 아니고 물도 아닌

독한 맹세에 발을 빠트리며 가야만 하는 길

새로 사 신은 구두 한 켤레를 적시며

또 하루의 내부로 들어가는 길에는

쿨럭쿨럭 몸 안의 안개를 다 뱉어야

출입할 수 있는 유리문이 있고 그러고도

젖은 마음으로는 더 이상 오를 수가 없는 계단이 있다

허나, 오늘 아침엔 계단에 찍혀 있는 젖은 발자국

바람의 몸도 아니고 물의 몸도 아닌

흘러내리는 안개를 추슬러 몸을 세워가며

한 계단 한 계단 올라갔을 안개인간의 발자국

허공에서 한나절

젖은 후회와 마른 맹세로 만든

인간의 형상으로 살다가

길 위에 다시 깔려야만 하는

저 젖은 맨발의 사람

울음의 집

가을 풀벌레의 울음소리 하나가
기어코 새벽잠을 깨운다
말간 고요에 귀를 기울여 보아도
먼 듯 가까운 듯 들려오던 그 소리는 없고
어둠 속으로 울음을 타전 중인 듯
손이 닿지 않는 등 한가운데가 저릿저릿하다

내가 잠들어 있는 동안
몸속에 고여 있던 어떤 울음이
더듬이 길게 빼고 연신 어디 먼 별 쪽으로
제 소리를 송신하고 있었던 게다
내 몸이 울음의 집이었던 게다
12층 아파트 속 한 줌의 어둠에 앉아 바라보니
찌르륵 찌르륵 퍼져나가는 파문이 보인다

그런데 가물거리는 이 울음은 또 무엇인가
멀리 길 떠난 집이 있는지
그 빈집에 당도한 때늦은 울음인지

벽을 타고 들려오는 아득한 전화벨 소리가

끊어질 듯 울먹이고 있다

첩첩이 쌓인 집들이 다 풀벌레 소리를 내고 있던 거였다

가난

내가 사는 아파트 서쪽 외벽에는
반달만 한 발코니가 가슴 높이에
밤낮 어룽어룽 매달려 있다

그 반쪽짜리 밥상 위에는
저녁이 몇 가지 색으로 앉았다가 가고
밤의 쓸쓸한 기립이 찬밥처럼 담겼다가
떠나가기도 한다

꽃 피고 새 우는 문전옥답도
바람 소리에 여위기도 하고
깊은 골짜기의 오래 묵은 다랑논에는
갈대나 쑥대들로 북적이기도 하는데

12층 절벽에 층층이 매달려 있는
반 평짜리 전답들에서는
찾아온 달빛에게

한 홉의 쌀도 내주지 못하는

참 가난한 경작

그림자와 이별하다

바람이 멀리까지 부는 날

홀쭉한 그림자가 혼자인데 옅고 옅다

가끔, 몸의 내심內心이 흘러나와

그림자 속에 숨어들기도 하고

그림자는 간혹 터지기도 한다

검은 바탕의 측량할 수 없는 내심들은

말풍선 모양으로 그림자에서 빠져나가 풀풀거리며

구름처럼 어디로 가 닿겠다는 건지

사라지겠다는 건지

바람이 부는 날 내심은

그림자의 내부를 비워낼 심산이지만

사실 바깥으로 달아나겠다는 내심의 계략은 허풍선

단 한 번도 그림자는 지워진 적이 없으니

가로등 불빛의 골목을 벗어나려 할 때

사람들의 발자국으로 가득한 아스팔트에

그림자가 눌어붙으려 할 때

몸주머니 속으로 순식간에 돌아 들어가는 내심들

그림자만큼 그림자는 정색이다

그러나 매양 그림자의 손을 잡고 걷는 오붓한 저녁이 오듯

그림자가 제가 잡은 손을 스르륵 놓아버리는 때도 다가온다

오리온 크래커 별표 스티커

보이저 1호가 드디어 태양계 끝에 이르렀다
35년이 걸렸다
이제 곧 무인 우주선 그도 잠시 머뭇거리다가
방전된 핵 전지를 안고 태양계를 벗어나겠지
한번 뒤도 돌아보지 못하고
알 수 없는 어둠의 세계로 날아가겠지

내가 별을 처음 배운 것은 오리온 크래커를 먹으면서다
내가 처음 은하를 배운 것은
여섯 살 아들 방 천장에 야광별 스티커를 무수히 붙이면
서다
길쭉한 은하수의 이쪽 끝에서 저쪽 끝까지는 십만 광년이
라는데
하루에 지구를 열두 바퀴 도는 우주선을 타고 달려도
지구 나이 45억 년보다 더 오래 걸린다는데

태초보다 더 먼 태초에 은하수 바깥에서 발사되어서
어느 작고 흐린 방에 우연히 들러 내 아들을 만나고

볕 좋은 봄날 오리온 크래커를 사주고

겨울밤 가짜로 빛나는 별들을 바라보며 서로

오래도록 킬킬대다가

어느 날 나는

태양계 바깥을 향해

뒤를 돌아보지도 못하고

터벅터벅 왔던 길 가듯이 걸어나가리라

그러나 방전되지 않는 기억과 함께

기억에 묻은 한 점 미소와 함께

달걀 같은 잠

단잠을 자고 싶다

무좀에 뜯긴 발 곱게 개어 무좀들에게 주고

그대에게 주지 못한 두 팔 잘 펴서 바람에게 주고

그리고

머리는 떼어 그냥 머리맡에 놓은 채

달아오른 프라이팬 옆에 놓여 있어도 꿈꾸지 않는,

오늘 하루만이라도 잠시

저 달걀 같은 잠을 자보고 싶다

이별 후에는

이삿짐 용달차가 골목길을 빠져나갈 때
길바닥 웅덩이에 고인 물
짐들의 무게를 이기지 못해 더러는 튀어 오른다
맑은 웅덩이 물이 순식간에 흙탕이 된다

좁은 길 끝의 집 하나가 멀어진다
빈집에 두고 온 것들이 멀어진다

모든 것을 다 가지고 갈 수는 없었으리라
깨어진 사진틀과
틀 속의 바람 부는 낡은 풍경과
바람에 흩어지는 어색한 웃음의 사람 하나를
살던 집에 놓고 가야만 하는 순간이 있었으리라
마음 준 곳을 떠나간다는 뜻이리라

당도한 새집에 이르러 가구를 들이고

마지막으로 걸레질을 하고 나면

눈이 맵도록 일어났던 먼지들은 쉬 가라앉을 것이다

창밖의 숲에서 매번 새로운 달이 떠오르는 동안

그 골목의 물웅덩이에서도

분분했던 것들 조금씩 가라앉을 것이다

그러나 어쩌랴

물 맑아지면 드러날 웅덩이 바닥의 바큇자국들

처음의 고운 진흙 바닥으로는 다시 돌아갈 수 없다는 뜻

이리라

스타게이트[*]

언덕 위로 향한 아스팔트 길이 있다
보이지는 않아도 언덕의 너머까지
매양 꽃 피고 꽃 지는 몸짓들의
플라타너스가 길 따라 길게 늘어서 있다

가을 오후의 가로수 길로 써놓은
이토록 권태로운 문장의 유서를 남기고
그는 어디로 사라지려는 것일까

주유소 귀퉁이의 터널식 3분 세차장 속으로
온통 쏟아지는 거품의 꿈속으로
소나타 한 대가 자꾸만 뒤를 돌아보며
꾸역꾸역 들어가고 있다

한번 들어가면 다시는 돌아 나오지 못하는 저 문
매일 혼자였던 4인승짜리 출퇴근길을 벗어 놓고,
방전되어가는 전조등을 따라 밤길을 달려야 했던
이 별의 규칙을 내려놓고 그는 어디로 떠나가는가

순식간에 웜홀을 지나

슬픔이 없는 어느 은하의 별로 정말 가버렸는가

* 1994년에 개봉된 미국 영화의 제목이자 그 영화에 등장하는 원형의 문. 문 안으로 들어가면 웜
홀을 통과하여 다른 우주로 갈 수 있다.

폐정

무너진 흙담에 둘러싸여 오랫동안 집터인 곳
사라진 집으로 누가 오셨는지
늙은 복숭아나무 잎들이
슬멋슬멋 문 여는 소리를 낸다

신발 한 켤레로 평생을 살다가 돌아와
이제 흩어지기 직전의 바람
집터에 가득 핀 보리가
삶을 탕진한 바람을 봄 햇살 속에 누인다

보리밭에 누워 마지막으로 눈을 떠보는 바람
뒤란 우물에서 한없이 퍼 올리던 앵두꽃 피는 저녁이며
담장에 기대 올려다보던 구름의 질주여
마르지 않고 흩어지지 않던 날들이여

맑은 우물을 기억하는 자의 최후란
이제는 다만 뚜껑이 닫힌
해 질 녘의 어두운 구멍 하나

바람을 불러 잠재우는

폐정 하나를 갖는 것

황금빛 마개

보름을 막 지나친 달이 남녘을 지나고
나는 가지고 있던 표정들 중의 하나를 잃었다

가로등의 어른거리는 빛들로 연명하는
그대 집의 윤곽이 조금 흐릿해지고
검은 욕조를 뒤집어쓴 채 출렁거리는
나의 구름들이 여위어가고 있다

수상하게도 나무들의 머리카락이
달의 테두리를 향해 자라는 밤
그대와 나의 항해가 비록
어둡고 깊은 후회로 일렁거리는
캄캄한 바다 위의 표류일지라도
매일 밤 수평선을 넘어가는 자들의
쓸쓸한 얼굴을 지켜주는
저 황금빛 마개

차가운 우주로 이 몸 흘러나가기 전에

아직은 내 눈 속에서 단단하게 빛나는

너무나 혼자인 생의 감각

돌멩이의 곁을 지나왔네

아침에

돌멩이 하나의 곁을 지나쳤네

산비둘기 알만 하게 참 둥근 돌이었네

저 돌은 왜 내 곁에까지 굴러왔나?

그 돌에게는

바다 냄새가 나는 사월이었고

내 주위선 꽃들이 함부로 제 빛깔을 탕진했네

한참을 더 가다가

매우 둥근 돌 자꾸만 보고 싶어졌네

너무 멀리 지나쳐 왔을까

뒤돌아보던 내 발이

이별을 알아버렸네

어느새 하루가 또 저물었네

청도관

숙직을 하시는 아버지의 저녁밥을
누나와 함께 갖다 드리러 갈 때
빈 찬합을 들고 오래 걸어서 집으로 돌아올 때
그 동네 입구에 청도관이 있어서

누나는 한참을 더 가서는 오라고만 하고
콜타르 칠한 판자들 사이로 기합 소리는 새어 나오고
열린 문틈으로 엿보면 눈부신 발차기들의
옛 저녁이 있어서

기합 소리가 들릴 것 같은 오늘 밤에는
지하철 역사에 서서 달려올 열차 쪽으로
자꾸 귀를 기울인다 스크린도어 너머
터널 속 길쭉한 어둠 너머
내가 가지지 못한 것들로 가득하던 청도관
아무리 문틈을 들여다보아도

청도관 안에는 이제 아무도 없어서
빈 찬합 같은 열차가 역사 안으로 들어온다

멀리 가버린 누나를 부르며 뛰어가다가
자꾸만 뒤를 돌아보던 소년에게도
훔쳐보던 청도관 하나쯤은 있었던 것인데

호두나무 한 그루의 마을

호두나무 그늘 속에서는
누구나 그늘의 주민

호두 과육이 부풀어 오르면
여름밤의 붉은 달이
아무리 밝다고 한들 모두
호두나무 그늘을 사랑하지

하지만
호두가 떨어지는 날이 오면
모두들 바깥을 여의고
제 안의 그늘 속으로 몸을 묻지
주머니 속에서 호두알들이 단단하게 말라가지

호두나무 아래의 겨울은
세상에서 가장 외로운 마을의 이름
눈이 내리면

걸음마다 절그럭 절그럭 소리가 나는

호두나무 한 그루의 마을

그믐달

한 사람을 따라 깊은 골짜기 안으로 들어갔다가
그의 뼛가루를 묻고 돌아 나오는 저녁
거친 산길을 미끄러지지 않으려고 애쓰며 돌아와
이른 저녁 곤히 빠져드는 그녀의 잠은
불 들어가요, 얼른 나오세요!
세 번을 외쳐도 불구덩이 속에서
그가 걸어 나오지 않은 탓이리라
구불거리는 밭두렁 언 땅을
혼자 걸어 빈집에 돌아왔던 탓이리라

아무리 깊은 잠이었어도
더듬더듬 만져지던 몸의 세월이 있었는데
이제는 꿈에서도 발자국을 남기지 못하는 그 사람
몸 뒤척일수록 하룻밤이 이렇게 넓을 줄이야
새벽녘에 깨어 물 한 잔 마시고
남은 잠을 마저 자려 애써보지만
새벽하늘에 잠시 어른대던

낯익은 눈매 어쩐지 그믐달이었으니

그리하여 너무 짧고 아득한 작별이었으니

그 달 희미하게 밝아오는 하늘 속으로 이내 숨어

아무도 모르게 그믐이겠네

하늘길 따라가다 보면 달도 없는 밤이 오겠네

나에게로 파도가 친다

좁고 긴 지하상가를 걸어갈 때
붐비는 사람들 너머로부터
한 여자가 봄 바다 물결처럼 나에게로 온다
저 많은 사람들 중에 유일한 향기를 지닌 여자
일렁거리는 너울을 타고 숨었다가 보였다가 하는 그 여자

사랑을 처음 잃고 느린 기타 소리처럼 쓸쓸했을 여자와
창밖의 비를 보며 첫 탕국을 끓였을 여자와
2월의 바닷가에서 다시 살아보자 마음먹었던 여자
어느 날 우연히 만나자는 약속처럼 한 여자가 내게로 다
가온다

연필로 써 내려가는 발자국 소리를
똑똑히 읽을 수 있을 만큼
우리는 이렇게 가까워져본 적이 있었던가
사각사각 걸음마다 늘어나는 이력이 궁금하지만

마침내 우리는 스쳤다고나 할까

잠깐의 살냄새를 서로의 옷깃에 묻혔다고나 할까
유일한 향기의 여자가 내 곁을 지나쳐 멀어져간 것이다

좁고 긴 지하상가를 걸어갈 때
나에게만 넘실거리며 달려오는 파도 속을
헤치며 헤치며 나아갈 때
파도와 파도가 만나 작은 섬 하나를 만들고 싶어지는 것
이다

늦은 밤에 거는 전화

한밤중에 일어나 어둠 속에서 휴대폰을 받는다 경상도 사내의 낮고 짧은 사투리 벌써 사흘째 밤이다 어둠의 저편도 어둠일 터인데 아직 집에 들지 못한 사내는 춥고 가난한 이름 하나를 오늘은 묻지 않는다 못내 전화가 끊어진다

이 전화번호는 며칠 전부터 내 번호가 되었다고 매일 밤 말해보아도 그에게는 믿고 싶지 않았던 사흘이 있었나 보다 매번 마지막인 결심이 있었나 보다

잘못 거는 전화인 줄 알면서도 별 수 없이 또 전화를 넣어보는 저 한밤의 심사 지독하게 추웠던 겨울이 다 지나간다고 해도 꽃이야 새로이 피어난다고 해도 한 번만 더 걸어보고 싶은 한밤중의 전화가 있으니 말없이 머뭇거리며 끊어야 하는 전화가 있으니 누구에게나 오래도록 아물지 않는 이별이 있으니

청춘

함박눈이 펄펄 내리는 날
팔순 노인이 전기장판에 누워 몸을 데우고 있다
턱밑까지 담요를 끌어올리고 낮잠에 들었다

매일 조금씩 새어나가던 빛을
한 켜 마저 잃고
달 하나가 빈손으로
하늘의 눈밭을 발자국 희미하게 걷고 있는
오늘은 섣달그믐

어느 여름 붉은 꽃에 마음을 덴 듯
흉이 진 그의 숨소리가 그렁그렁하다
끝내 창문을 넘어가지 못한다
창밖에는 여전히 폭설인데
바깥에서 누군가
얼어버린 자동차 시동을 애써 거는 소리
아득하고 아득하다

백 년만의 폭설

오늘 서울의 날씨는 낮 한때 흐림인데
강릉에는 며칠을 눈보라가 몰아쳤다 한다
아침 뉴스에서는 백 년만이라고 한다
TV는 순식간에 눈 속으로 사라진
작은 도시의 흔적을 보여준다

화산재에 파묻힌 유적처럼
어린 손금 위에 선명하던 내 자전거의 날들과
잃어버린 사랑의 상형문자인 듯 깊게 파인
그 골목길들과
이향하던 날 산정에서 바라보던 구름들
모두 다 어디로 갔을까

그러니까
고향이라는 곳을 눈 속 깊게
파묻어버리는 데에는
백 년을 기다릴 필요가 없었던 거다

2부

북쪽마을에서의 일 년

전나무 숲 속의 자작나무 한 그루
— 북쪽마을에서의 일 년

열세 시간 비행기를 타고
북쪽마을에 도착한 지 일주일
뒤척이다가 늦게 잠들지만
오늘도 새벽 세시에 눈을 뜬다
낮과 밤이 바뀐 몸은
기억대로 짧은 낮잠을 잔 것이다

우편함은 여전히 비어 있고
낯선 집들의 거리에도 달이 밝다
집 앞의 길은 언덕 쪽으로 멀어지다가
끝을 보여주지 않으려고 한순간에 사라진다
며칠 전 저 언덕을 넘어 나는 왔지만
달빛에 늘어진 그림자 외에는
아직 내게로 오지 못한 것들이 많다

눈 쌓인 뒷마당가에는
전나무 숲이 어둠을 품고 잠들어 있다
마지막 남은 원주민인 듯

마음이 서러운 갓 이민자인 듯
자작나무 한 그루 젖지 않은 전나무들 사이에 서서
온몸에 눈을 맞고 있다
좁고 둥근 그의 발치로 달빛은 내려와
여윈 뿌리를 손으로 가만히 덮어준다

눈부신 날에 누군가 숲 속으로 걸어 들어갔는지
자작나무 쪽으로 한 사람의 발자국이
밤눈 위에 곧게 나 있다

찬 밤하늘을 멀리 날아가는 한 마리 새

—북쪽마을에서 부치는 편지

당신을 떠나 동쪽으로 참 멀리도 왔어

돌아보니 당신은 한나절을 앞서 서쪽으로 가고 있네

이곳은 차가운 그늘의 세계, 눈을 감고 바라봐

그러면 잠에서 깨어 전나무 숲을 내다보는

여러 새벽들의 내 서 있는 모습과

숲 위로 날아가는 한 무리 새들이 보일 거야

쉬지 않고 높은 하늘을 날아가는 한 떼의 낯선 새들이

처음에는 이 밤의 전부인 줄 알았어

하지만 이제 눈을 감으면 나도 보여

먼 서쪽 끝의 넓고도 텅 빈 하늘을

혼자 날아가는 당신

이곳의 새벽을 끌고 가는 오후 다섯시의 당신

이제 여기는 곧 날이 밝겠지만

당신은 서서히 차고 어두운 밤 속으로

터벅터벅 문을 열고 들어가겠지

빈방에 고인 그리움을 품고 찬 하늘을 혼자 날아가겠지

시야의 바깥에서 한 떼의 새들보다 먼저

캄캄한 하늘을 날아가는 새 한 마리처럼

뒷마당의 새벽달
— 북쪽마을에서 부치는 편지

낮에는 눈 내리는 다운타운을 걸었어
바람은 서쪽에서 불어와 높은 건물들 사이
그러니까 이 골목 저 골목으로 가물거리는
도보자의 목적지를 향해 빠르게 흩어지더군
세계에서 가장 길다는 영 스트리트 어느 네거리에 서서
북쪽으로 끝없이 사라지는 길의
웅크린 뒷모습을 보았지

이곳은 해가 일찍 지는 북위 45도의 땅
밤은 딱딱한 침대처럼 무표정하게 깔리고
사람들은 옷 속에 몸을 묻고 서둘러 걷지
서둘러 갈 곳이 없는 이들에게
어둠은 더 이상 온몸에 뒤집어쓸
차가운 이불조차 되지 못하네
여기에서 가장 힘든 것은
아침이 올 때까지 잠을 자는 일

그러니 먼 곳의 그대여

오늘 밤은 베개 없이 엎드려 잠들었으면 해

뒷마당 전나무 숲으로 눈물을 닦으며 사라지는

저 하현달을 그곳에서는 쳐다보지 않았으면 해

잠에서 깨기 전에는 우리가 켜놓았던

눈부신 그 바닷가의 작은 스위치들을

하나하나 끄고 나오는 것이 좋겠어

그래야 나도 그리움도 없는 밤에 누워

깊은 잠을 잘 수 있을 테니까

그 마당의 사과나무
— 북쪽마을의 사람들

그녀의 집에 들어섰을 때 가득했던 것은
먼 나라의 오래된 향기였다
벽에 걸려 있던 옛 페르시아의 그림에도
길고 느린 평안이 묻어 있었다
딸 하나와 살기에는 집이 너무 넓어
세를 놓았노라 말끝이 흐려지는 아랍 영어에서는
한겨울 응달 냄새가 났다

온통 흰색으로 가꾸어놓은 그 집
볕이 잘 들어 더욱 고요했던 그 집의
테헤란에서 두 시간 거리가 고향이라는 그녀는
눈 밑이 검어서 환한 웃음도 야위어 보였다

뒷마당 조그만 화로를 가리키며
조로아스터교를 믿는다 했다
화로 옆의 키 작은 사과나무를 가리키며
이태 전에 남편을 잃고 심었다 말하는 그녀
나그네의 첫 겨울이 걱정스럽다는 듯

이곳은 추위가 길고도 깊은 곳이라는데

어린 사과나무에도 꽃은 피고 열매가 익으리
그러나 그 어여쁜 시간들 예언처럼 찾아온다 해도
어느 곳에서든 누구에게든 오늘은
화로의 꺼진 불 위로 계절이 먼지처럼 내려앉고
마른 꽃잎들 흩날려 멀리도 날아갈 것만 같은 날

눈 내리는 한밤의 전나무 숲
― 북쪽마을에서의 일 년

북쪽마을에 온 지 열흘째 되는 날
낯선 적요 속으로 서러운 뿌리를 내리던
이민의 밤들이 창밖으로 보인다
뒷마당 전나무 숲에서는
밤눈이 싸륵싸륵 내는 소리
그곳엔 눈뜬 나무와 뒤척이는 나무가 있고
오래전에 말라 죽은 듯
먼 곳을 향해 울지도 못하는 나무 한 그루가 있다
이제 먼 곳도 없이 그저 잠든 나무들이
눈 덮인 숲을 이루고 있다

밤기차 이야기

─ 북쪽마을에서 부치는 편지

　오늘은 밤기차 이야기를 해줄게 내겐 어렴풋하게 잠이 들 때쯤이면 어김없이 희미하게 달려오는 기차가 있어 건널목 차단기 앞에 서 있게 되는 오후마다 지나가는 기차들의 화물칸을 세는 버릇이 생겼는데 50칸짜리도 있고 80칸짜리도 있더군 그 많은 짐들을 끌거나 밀고 가거나 기차마다 하나밖에 없는 기관실은 모두가 쓸쓸하게 걷는 달 같았어 한밤중이면 더욱 그랬어 멀리서 나지막이 우르릉거리며 다가오는 것 같아도 결코 큰 소리로 가까워지는 법 없이 내 잠만 싣고는 또 오랫동안 웅웅거리며 대평원의 지평선 너머로 아득히 사라져가지 그러면 그가 남기고 간 빛의 걸음들을 헤아리며 따라 걸어도 보는데 수천 칸이 넘고 수만 칸도 넘는 화물칸 중에 나의 방은 어디에 있을까 그 기차는 어디로 갔을까 기차표를 잃어버린 아이처럼 다시 나의 어두운 침대로 돌아오면 여전히 터벅거리며 어디로인가 떠나가는 기차가 있어 오늘밤 나는 당신에게 말해주고 싶어 저 기차 사실은 레일 위를 구르는 수만 개의 바퀴만 있을 뿐이지 화물을 부리고 나면 바퀴뿐인 밤을 보내야 하는 저 기차 그 모습을 사랑할 수밖에 없다는 걸 당신은 알아야 해

흐르는 방
— 북쪽마을에서의 일 년

나의 방은 유빙流氷처럼 흘러

북쪽마을에 이른다

눈에 덮인 봄날

이곳에서 유일하게 따뜻한 건 일몰뿐이다

그리하여 전나무 숲은 태엽처럼 어둠에 감겨

나의 방은 고요한 숲 위를 떠다니는 작은 배

밤의 높은 수면 위에서 물속을 들여다보면

예정에 없이 환해지는 장면들 있어서

수돗가에서 어머니는 빨래를 하시고

비누 거품들이 날아오르고

어린 누이와 영원히 날아가기만 하는 새와

떠올랐다가 내려갈 줄 모르는 시소 같은 것들이

부풀어 올랐다가는 터져버린다

지금은 추운 계절인데 어디선가 매미가 운다

날아올라 흩어지는 거품들이 멀어진다

눈물보다 작고 아름답다

어느덧 수돗가에 혼자 남은 어린 내가

힐끗힐끗 하늘 위를 쳐다보는데

나는 나와 눈이 마주칠까 봐

수면 속에 넣었던 얼굴을 들어 사방을 살펴보면

꿈도 없이 하늘도 없이

북쪽마을의 작은 방이다

새벽에 뜬 달이 머리맡의 시계처럼

꼬리를 들썩이며 울고 있다

아침들
— 북쪽마을의 사람들

손자를 데리고 스쿨버스 정류장까지 나와
아침마다 조금씩 옅어지는 스리랑카 할아버지
손자를 태운 노란 버스의 뒤를 한참이나 보다가
눈 쌓인 3월의 길을 한껏 웅크리며 걷던 그는
이민 온 지 석 달 만에 처음 눈 내리는 겨울을 보았다는데
아들 부부는 일찍 일하러 나가야 한다고 굳이 말하던 그는

눈 덮인 단풍나무 아래에 서서 긴 눈밭 길을 쳐다보다가
때로는 새소리 가득한 인도양 그 햇살 속으로 사라지기도
하는데
날 밝으면 다시 정류장에 서서 희미하게 웃는 그의 아침
나도 나의 아침을 입안에 넣고 아침 아침 궁굴려보는데
그러면 아침은 눈에 덮여 온통 흰빛으로 내내 그 세상이
어도
호두알처럼 주머니 속에서 아침은 여전히 달그락거리기만
하여도
껍질 속의 달거나 외롭거나
조금씩 맛이 다른 아침들

서머타임
— 북쪽마을의 봄밤

몇 달 전에 겪었던 열네 시간의 시차보다도
한 시간 앞당겨진 서머타임이 더 어렵다고
딸아이가 침대에 누워 뒤척거린다
어제보다 한 시간 일찍 찾아온 슬픔을 만지작거리며
열두 살 소녀를 앓고 있다

3월이 와도 간혹 눈 폭풍이 지나가는 추운 마을에서
나는 그녀 곁에 누워본다
우리 죽으면 잠시 별이 되었다가
다음 생에서도 반드시 아빠와 딸일 거야
그제야 안심하고 자는 서머타임의 한 여자아이

어쩌다가 우리는 딸과 아빠로 만나
이 낯선 행성의 좁은 침대에 함께 누워 있게 되었나
지금도 저 먼 우주에서는 전속력의 별 두 개가
힐끗 스쳤다가 멀어지며 영영 이별일 텐데

불 꺼진 방 안의 탁상시계 소리가

거실의 희미한 벽시계 소리와 손 꼭 잡고

우리 다시 만날 그 아득한 여름을 향해

절룩절룩 몇 번의 생을 건너려 하는 봄밤인데

크레센트 빌리지
— 북쪽마을의 사람들

겨울 내내 무엇이 새어 들어왔던 것인가 어쩌면

무언가가 자꾸만 새어 나갔는지도 모르지

오늘은 아랍인 마을의 사람들이

여기저기 지붕을 고치네

긴 담벼락에 그려진 초승달 아래를

깊은 눈의 모녀가 히잡을 날리며 걸어가네

마을 입구에 열린 꽃 시장으로 가네

어디에서들 모여들었는지 색색의 꽃모종들

간이 화분에 서둘러 뿌리를 내리며

꽃이라고 피워낸 온갖 풀들의 봄날이

못질하는 소리처럼 애쓰는 저녁이네

수줍은 소녀의 흐릿한 제 나라말이

젊은 엄마의 서툰 영어 흥정이

저무는 하늘 위로 작은 새처럼 날아오르네

발목이 여린 그 새의 노랫소리

맑고도 구슬프네

초승달이 뜨는
저들의 고향에서는
저들의 말로 꽃 피고 새가 울겠네
어디서든 뿌리를 내리면 고향인데
저 여인들의 종아리에 고인 노을이
오늘은 더욱 오래도록 붉네

꿈도 없이
— 북쪽마을에서의 일 년

밤새 오한으로 몇 개의 뼈가 차고 서럽더니

새벽쯤이 되어서야 몸이 따뜻해진다

그때쯤 얼핏 꿈에 들었겠지

보고 싶었던 사람들도 많았구나

만화경 속처럼 피었다 지는 사람들 틈에서

누군가 날 불러 서둘러 돌아보니

머리맡 알람이 운다

빌린 잠을 잔 듯 어룽대는

어수선한 꿈 얘기는 잘 생각이 나지 않고

아직 창밖은 희미하여 옛날 같은데

잠자리에 누운 채 눈을 떠보면

식지 않은 몸만 내 것인 양

물 위로 오롯이 떠오르고 있다

꿈속의 그 많던 사람들 물 밑 아득히

가라앉으며 멀어지고 있다

어느 먼 바람에 잔물결이 잠시 일었다 자고

끝도 없이 넓은 어둠의 수면 한가운데 모로 누워

내 검은 손 하나 오래 쳐다보는 새벽

북쪽마을의 봄나무
— 북쪽마을에서의 일 년

간혹 북쪽마을에까지 다다른 나무들이 있다
어느덧 그곳에서 숲을 이룬 나무들이 있다
봄이 와도 꽃을 피우지 않는 나무들이 있다
며칠 어지간히 따가운 봄볕에도
쉬 꽃을 내놓지 않는 나무
두리번거리지도 않고
길의 끝을 묻지도 않는 나무

한 차례 더 몰아칠 눈 폭풍의 봄들을
이들은 얼마나 지나왔던 것일까
서둘러 피운 꽃들을 잃고 돌아서서
몇 번이나 울었던 것일까
북쪽마을에는 오월이 와도
꽃을 피우지 않는 나무들이 있다
맑지도 않고 깊지도 않은
연둣빛 그늘에 슬픔의 뿌리를 묻고
두리번거리며 가슴속의 꽃을 매만지기만 하는 나무

기차가 간다
— 북쪽마을에서의 일 년

불을 끄고 자리에 누우면
멀리서 신음처럼 들려오는 소리
내 곁에 다가왔다가 이내 스쳐가는
너무 먼 길을 떠나가는 기차가 간다
수십 개의 화물칸을 달고
호숫가 숲 속의 얼룩덜룩한 달빛 아래로
터무니없이 낮고 푸른 대평원
그 까마득한 밤의 지평선 위로
마지막 한 줄의 편지글처럼 달려갈 기차
저 기차의 배후보다
저 기차의 향배보다
지금 저 기차의 소리 없는 내부가 나는 궁금한데
역도 없는 며칠의 서쪽으로
돌아보지도 않고 가야만 하는 기차
자꾸만 늦어지는 달을 등 뒤에 두고
후회 가득한 영혼 하나가 써 내려가는
서쪽행 생애의 마지막 인사처럼
기차가 간다

서쪽행 편도
― 북쪽마을에서의 일 년

자고 일어나 또 차를 몰고 갔다

밀 수확도 끝난 빈 들판 사이로

트랜스 캐나다 하이웨이가 며칠 동안 길었다

2차선 도로와 서쪽만 전부이던 나흘째 박모였고

언덕길 아래 멀리 중앙선 위의 검은 점 하나

점점 커지며 다가왔다

차들이 빠르게 달려도 꼼짝 않고 길 한가운데에 서 있던

까마귀 한 마리

길에 누워 일어나지 못하는 한 까마귀의 곁을

떠나지 못하고 있었다

어두워지고 있었고

길 끝에 또 길이 있었고

하루를 눈물로 가득 채운다 해도

되돌아가기엔 이미 늦은 저녁이었다

제스퍼 가는 길
— 북쪽마을에서의 일 년

하룻밤 묵기로 했던 마을을 지나
서쪽으로 두 시간을 더 운전해야 했다 그동안에도
대평원의 여름밤은 점점 푸르게 커져갔다
밀밭뿐인 서스캐처원 주* 의 작은 마을 입구에서
마지막 남은 모텔 방을 잡고 발을 씻었다
로키 산중의 제스퍼는 천국처럼 멀기만 해서
집을 떠나 벌써 몇 번의 일몰 속으로 들어왔지만
여전히 나는 대평원의 한가운데다

오늘 밤 이 마을에도 이제 빈방이 없다
근처 어느 벌판에 새로운 철길이 놓인다는 소문이다
곳곳에서 철도 노동자들이 모여들어 모텔마다
불 꺼진 방들을 지키고 있는 더러운 왜건들
몸집 큰 백인 하나가 제 방 앞에 앉아
희미하게 뜬 별처럼 맥주를 마신다

기차는 역도 없이 들판에 서서 밤을 새운다
어둠은 넓고 평원은 푸르고
언젠가는 저 기차 지평선을 넘어서겠지만
나는 단지 내일 밤에도
빈방을 찾을 수 있기를 바랄 뿐이다
돌아보면 동쪽의 지나온 길도
오래오래 아득해서 그저 아름답기만 하다

* 대평원 지대인 서스캐처원 주는 캐나다의 중부에 있다.

두 번째 이별
—북쪽마을에서의 일 년

그대를 남겨놓고 북쪽마을로 떠나올 때
나는 처음 이별을 알았네
돌아보지 않아도 그 이별
등 뒤에서 작아지며 오래 서 있었네

그리고 북쪽마을에서는
첫 이별의 벌판에 몇 차례 눈 폭풍이 찾아오고
첫 이별의 기차들이 저녁을 지나 멀리 떠나가고
밤마다 첫 이별의 별들은 자작나무 숲 속에서 어두워졌네

여름이 오자 당신은 한 철 같이 지내자고
이별 가득한 가방 하나를 들고 나를 찾아와
오늘은 내 곁을 떠나가고 있네 그리하여
나는 두 번째 이별도 알아버렸네

나는 알아버렸네 우리가
한평생 가질 수 있는 유일한 것은
멀어지는 이별 후의 다시 다가오는 이별뿐이라는 걸

그리하여 당신과 또 헤어지는 어느 날

주머니 속에 한 푼의 이별도 남아 있지 않게 된다면

그때 우리는 영원히 이별하는 것이네

이별과도 이별하는 것이네

언덕들의 세계
―북쪽마을에서의 일 년

북쪽의 숲에서 남쪽 다운타운의
어느 꽃가게 쪽으로
파문이 스러지듯
이곳은 언덕들의 세계

살던 땅을 떠나와 오르막 비탈에 집을 세우고
내리막길을 따라 출근을 하는,
가을 물결처럼 일렁대는 이곳은
언덕들의 세계

사방 어디에도 숨어 살 수 없는 이 너른 개활지에서
오늘은 누가 저 물든 단풍나무 아래에 잠시 머물다 갔는지
나무 그늘에 어룽대는 칼날 같은 햇살에 눈을 찔린다

나무에 기대어 울다가 한 번 더 흐느끼다가
마침내는 빈집으로 돌아간 사람의 마음인 듯
이 지독한 빛깔이며 흩날림이며
치명적인 가을의 맨몸을 도저히 감출 길 없다

선셋 비치 파크
― 북쪽마을에서의 일 년

이 바람이 어느 곳에서 와 어느 곳으로 가는지 알 수가 없다 단지 내 얼굴을, 내가 앉아 있는 나무벤치의 희미한 물결무늬를 서늘하게 스쳐가는 순간, 나는 잠시 머리 위에서 흔들리는 실버 메이플 잎들을 올려다보았을 뿐, 그대가 떠나가던 언덕길과 그 너머에 대해서 호숫가 저편 단풍나무 숲으로 지는 물컹한 해의 귀환에 대하여 혹은 투둑 소리를 내며 떨어지는 붉은 열매의 감추어진 훗날에 관해서도 내가 아는 것은 하나도 없다 다만, 아직 해가 비치는 이 공원의 온기를 언제까지 기억할 수 있을까 해가 지면 바뀌게 될 저 호수의 물빛과 집으로 돌아가는 사람들의 뒷모습과 그대로 인해 갑자기 소름 돋는 저물녘의 이 외로운 자세, 참 알 수 없는 것들로만 가득한 머나먼 하늘 아래 선셋 비치 파크

빈 의자의 깊이
—북쪽마을에서의 일 년

지난여름
뒷마당의 측백나무 울타리 가에
깊이를 가진 의자 두 개를 두었더니
그대가 즐겨 앉고 떠난 한 자리에
오늘은 가을 저녁 빛이 앉았습니다
당신 모습만큼만 앉았다 저녁연기처럼
흩어집니다

아직도 당신이 앉아 있는 저 의자는
밤낮 빈 의자입니다
우리가 한 생애 동안 가질 수 있는 것이라고는
저렇듯 만질 수 없는 의자의 깊이뿐입니다

터질 듯 매달린 가을 열매들 곁에서
비록 아무도 모르게 식어가는 저 의자이지만
그 충만한 허공까지도 내 흔쾌히 사랑할 수만 있다면
서늘한 의자에 그대처럼 앉아보는 나의 오늘이
이렇게 외롭지는 않을 것입니다만

숲 속의 피크닉
― 북쪽마을에서의 일 년

이방의 말들로 가득한 휴일의 숲에서

가족과 함께 피크닉을,

가을을, 눈부신 생의 어느 하루를,

보내는 것인데

숲 그늘 가에는 어린 나무 한 그루 어찌하여 여위어간다

높은 나무들의 빽빽한 가지 사이를 비집고 가을 햇살 한
손이 내려와

그 병든 몸을 오래 만지고 간다 나는 어린 나무 곁을 떠나

언덕 아래로 천천히 걸어 내려간다

이제 곧 긴 겨울이 오리라

사람 드문 수풀 속에선 농익은 열매들의 단내

그 달콤한 문을 열고 뒷길을 따라 멀리 달아나고 싶었는데

얼마만인가 이 어린 날의 내음, 그 다정한 기억도 잠시일 뿐

이내 멀고도 낯선 땅에까지 찾아와

내 온몸에 스며드는 짧고도 깊은 종말

손바닥 우물

─ 북쪽마을에서의 일 년

추운 바다를 건너 눈에 덮인 마을에 온 지
한 계절쯤 지나자 숲 속의 길이 드러났다
그리고 내 손바닥에는 작은 우물이 생겼다
집 없는 자의 눈처럼 좁고 깊었다

다운타운이 멀리 내려다보이는 근교
더러 언덕에 공원묘지가 넓었다
유태인 묘역에서의 봄은 죽음보다 더 평화로웠고
중국인 무덤들 근처의 나무 그늘은 비린 향내로 가득했다
그러나 누구든 손바닥 우물에 빠져 죽은 자들은 모두
그들의 묘비에 담지 못한 한마디 말처럼
제 눈물 속에 누워 있었다

먼저 간 사람을 그리워하며
공원의 아름다운 출구를 빠져나가는 가족들은
서로의 슬픈 손을 잡고 마음속에 가득한
각자의 가을로 갔다

공원에 떨어진 단풍나무 잎들을 태울 때

나는 손바닥을 쳐다보는 대신

숲 속의 길을 걸어 어두운 집으로 돌아왔다

손은 따뜻했지만 손가락 사이로

텅 빈 물 냄새가 새어 나왔다

인디언 서머*
— 북쪽마을에서의 일 년

우리 태어나기를 저 높은 나무의
가지마다 매달린 작은 잎 같았거늘
모여 한 무성한 나무가 되었으나 혼자 물들고
혼자 시들어가야 하는 가을날 이파리가 우리였거늘

오늘은 이토록 넓은 하늘일 줄이야
이토록 낮은 집들 위의
까닭도 없이 눈이 맑은 가을 하늘일 줄이야

시월 깊게 추워지던 몸
잠시 따가워진 뭇 햇살들을 받으며
내 생애 한 번뿐인 저 하늘과 나무들에 섞여
되돌아온 시간 속에 잠시 더 머물 수만 있다면
마음에 간직했던 서글픈 모든 것
마른바람 속에 기꺼이 다 내어주고 싶네

* 여름이 다시 온 것처럼 따뜻하고 화창해지는 늦가을의 한때를 이르는 말.

열쇠와 필름과 무덤

— 북쪽마을에서의 일 년

집 열쇠를 잃어버리고 갈 곳이 없어

집 근처 공원묘지를 걷는다

계단도 문도 없는 나의 시월을 따라

서서히 긴 오르막을 다 오르면

너무 많은 하늘

너무나도 많은 고요

돌아보면 무덤들 사이로 흩날리다가

허공에 멈추어 서 있는 낙엽들

무덤들 사이에 고여 있는 밤기차 소리

필름을 아끼기 위해

북쪽마을에서의 밤은 얼마나 쓸쓸했던가

하지만 오늘은

열쇠도 필름도 필요 없는 날

마지막 소원인 듯

귀마개가 달린 모자 하나를 꼭 사고 싶은 마음이

발아래로 툭 떨어지는 하루

효과 빠른 종합 감기약
— 북쪽마을에서의 일 년

　서울 살 때 몸이 아파 동네 병원에 가면 늘 소화제 항생제 진통제를 처방해주었는데, 그것을 먹고도 잘 낫지 않을 땐 진통제 항생제 소화제로 처방을 바꾸어주어서 열심히 복용하다 보면 나을 때가 되어 신기하게 낫고는 하였는데

　바다 건너 북쪽의 낯선 마을에 오느라고 동네 약국에서 상비약으로 사 온 효과 빠른 종합 감기약, 처방전 없이도 살 수 있는 약들이라고 거들떠보지도 않던 그 약들, 몸 아플 때마다 조금씩 아껴 먹고는 하다가 어느덧 빈 통이다

　잘 낫지 않아도 먹고 잠들면 오래도록 푹 잘 수 있었던 효과 빠른 약, 마지막 남은 두 알을 다 먹고 나니 이번에는 효과가 없다 효과 빠른 종합 감기약 그것 참 종합적이었는데

이민
—북쪽마을에서의 일 년

북위 45도 북쪽마을에서는
회사를 다니지 않으면
모두들 비즈니스를 한다고 말한다
다른 표현은 없다

후배 종학이도 이민 온 지 반년밖에 되지 않아
제빵 비즈니스를 아직은 준비 중이다

한인 마트에 들러 장을 보다가
스피커의 시끄러운 호객 소음 속에서
신기하게도 정말 우연히 마주친 종학이
대학을 졸업하고 잘 나간다는 회사에 다니다가
늦은 밤까지 브리핑에 회의 준비에 질려
모든 걸 버리고 이민을 떠나왔다고 한다

계산대를 빠져나올 때쯤
스피커를 통해 다시 들려오던 그의 목소리는
제가 만든 빵을 입에 물고 우물거리듯

다른 사람의 목소리만 같았다

비즈니스를 꿈꾸며 회사를 다니는 종학이

우연하게도 마주쳐서 괜히 미안해진 이민 반년 차

얼음 평원
—북쪽마을에서의 일 년

따뜻한 공중을 그는 왜 떠났을까
거미 한 마리가 자작나무 숲 속 물웅덩이의
얇고 투명한 살얼음 위를 걸어
건너편 기슭으로 가고 있다

그가 걷던 허공에도 물웅덩이가 있고
때로는 살얼음이 얼겠지 하지만 저 거미
오늘은 지상의 얼음 평원을 건너가고 있다

물의 일기를 쓰듯
가다 서고 가다가 돌아보고
깨어질 것 같지 않은 후회의 평원을 걸어
집으로 서둘러 돌아가는 긴 두려움의 문장

저녁이 온다
더욱 밝아지는 자작나무 숲 어딘가의
이제 막 불이 들어올 집을 나와
그는 왜 아직도 얼음 평원 위를 걷고 있나

흐르느라 바쁜 물 같은 목숨들은

얼고 나서야 투명하게 제 속을 드러내지

훗날 얼음 한 조각이 녹듯

외로운 영혼이 가족들 곁을 맴돌지라도

지금은 물웅덩이를 다 건너

삐걱거리는 계단을 밟고 올라

드디어 끈끈한 저의 영토에 들기 전까지

거미에게 세상의 모든 길은 살얼음이리라

주유 그리고 주유
─ 북쪽마을에서의 일 년

인가가 드문 시골 주유소에서 기름을 넣고 지도를 산다 눈구름에 덮인 12월의 저녁이 오고 있지만 해가 어느 쪽으로 지고 있는지 알 수가 없다 이방인에게 주유라는 말은 늘 외롭고 향기롭다

주유 중에 몸에서 빠져나가는 구름들의 질주 그로 인해 다가올 폭설을 예감한다 어디에서든 눈이 오기 전에 서둘러야 하는 것은 방향에 대한 고집을 유예하는 일이다 그러므로 낯선 곳에서 지도를 사기 위해 몇 푼의 돈을 내미는 작은 손은 얼마나 겸손한가

주유소에 더 머물며 뜨거운 차를 마시는 동안 복권을 산 사내 하나가 필경 근처 마을의 오래된 집으로 트럭을 몰고 돌아갔을 뿐인데 그의 발자국 위로 이내 흩어지듯 몰려다니는 눈이 내리기 시작한다 안과 바깥의 경계도 없이

그리고 그때 해가 막 졌는지 나는 주머니에 손을 넣는다 참으로 쓸쓸한 습관이다 동전들 틈에서 나에게 남은 바람

속의 주유 몇 개를 만져보는 버릇 하지만 주머니도 없이 유리창 밖의 차는 손이 시린 듯 길어지는 정차를 견디고 있다 저 까만 눈의 바퀴는 저의 타고난 운명이다

  눈은 어둠을 묻힌 채 점점 밝아진다 단풍나무 숲 너머 멀리 유숙할 집의 울음소리도 이제는 들리지 않는다 그렇지 모든 길이 눈으로 덮인다 한들 지도를 보는 일은 언제나 가슴 뛰는 일 그리하여 문을 열고 나가면 눈보라 속에서도 환하게 점등된 주유소의 이름을 낮게 불러보며 오늘 나는 서 있는 것이다

해설

적산가옥의 뜰 앞에 놓인
의자의 깊 이

이흥섭 / 시인

1. 적산가옥

심재휘 시인을 생각하면 소슬한 '적산가옥' 한 채
가 떠오른다. 적산가옥敵産家屋은 한글로 표기했을
때의 느낌과는 달리, '적의 재산'이라는 한자 풀이
에서도 알 수 있듯이 의미상으로나 역사적으로나
슬픈 내력을 담고 있다. 적산가옥은 원래 점렁시
에서 적국 사람들이 살던 집으로, 이들이 떠난 뒤
대부분 자국민들이 불하받아 살림을 이어간 가옥
을 말한다. 태생적으로, 혹은 숙명적으로 이중국
적을 타고난 집이라 할 수 있다.

　시인의 고향인 강릉에도 예전에는 일본인들이

살았던 적산가옥들이 많이 남아 있었다. 대부분 나무로 지어졌고, 유난히 창이 많이 달려 있었던 적산가옥에서는 이국적이면서도 스산한 황량함이 흘러나왔다. 햇살 좋은 날 창 많은 적산가옥 앞을 지나가면 투명한 슬픔, 혹은 양명한 슬픔이 쏟아져 내리곤 했다.

시인을 생각할 때마다 적산가옥이 떠오르게 된 것은 그리 오래되지 않는다. 시인과 고향을 공유하고 있는 나에게 시인은 오랫동안 '전통 한옥'의 이미지로 남아 있었기 때문이다. 그는 옛 선비처럼 언제나 조신했고, 한옥의 기둥처럼 늘 심지가 굳은 사람이었다. 태풍이 몰아쳐도 이 한옥의 기왓장은 쉽게 날아갈 것 같지 않았다.

그랬던 그가 어느 날 시인이 되고, 또 전통 한옥의 이미지와는 달리 다분히 낭만적이고 허무적이기까지 한 두 권의 시집 『적당히 쓸쓸하게 바람부는』과 『그늘』을 잇달아 선보이는 것이 아닌가. '적당히'라는 표현에서 알 수 있듯이 첫 시집에는 조금은 선비적인, 일종의 거리 감각이 남아 있었으나 두 번째 시집에 와서는 제목에서도 알 수 있이 이 거리가 확 줄어들고 대신 적산가옥풍의 면모가 두드러지기 시작했다. 그리고 지금 앞에 놓

여 있는 세 번째 시집에 와서는 이 적산가옥의 풍
모가 완연해졌다.

그가 시인이 되지 않았더라면 나를 비롯한 이웃
의 여러 사람들은 그를 여전히 걸어 다니는 전통
한옥 한 채 정도로 기억하고 있었을지도 모른다.
만약 그랬다면 그는 꽤나 억울해 했을 것이다. 아
마도 이 해설은 적산가옥의 풍모를 갖춘 시인을
변호하는 글이 될지도 모르겠다. 아니다. 아직도
시인은 여전히 적산가옥 한 채를 지어가고 있으
니, 그냥 '적산가옥 탐방기' 쯤이라고 해두자.

2. 이국異國의 노래

앞서 말했듯이 적산가옥은 태생적으로 이중국적
을 타고났다. 그렇지 않으면 그것을 적산가옥이
라 부를 수 없다. 그것은 그 집의 숙명이다. 시인
이 서시序詩에 해당하는 시로 「중국인 맹인 안마
사」를 앞부분에 내세운 것은, 적산가옥의 주인으
로는 당연한 일로 보인다.

상해의 변두리 시장 뒷골목에
그의 가게가 있다

하나뿐인 안마용 침상에는 가을비가
아픈 소리로 누워 있다

주렴 안쪽의 어둑한 나무 의자에 곧게 앉아
한 가닥 한 가닥
비의 상처들을 헤아리고 있는 맹인 안마사

곧 가을비도 그치는 저녁이 된다

간혹 처음 만나는 뒷골목에도
지독하도록 낯익은 풍경이 있으니

손으로 더듬어도 잘 만져지지 않는 것들아
눈을 감아도 자꾸만 가늘어지는 것들아
숨을 쉬면 결리는 나의 늑골 어디쯤에
그의 가게가 있다

—「중국인 맹인 안마사」전문

　　시인은 상해의 변두리 시장 뒷골목에 있는 맹
인 안마사의 가게를 불러낸다. 바깥에는 지금 가
을비가 내리고 있고, 시간은 저녁을 향하고 있다.

시인은 가을비를 의인화해 맹인 안마사가 비의 상처들을 헤아리고 있다고 표현한다. 이국적이면서 외롭고 적막한 풍경이다. 시인은 이 이국적인 풍경을 두고 "지독하도록 낯익은 풍경"이라고 말한 뒤, 자신의 늑골 어디쯤에 "그의 가게"가 있다고 고백한다.

이 작품이 매혹적인 것은, 이국적 분위기 속에 감싸인 외롭고 적막한 풍경이 감각적 표현들을 통해 잘 드러나 있기 때문이다. 가을비의 의인화, 맹인 안마사의 손과 눈을 통한 감각기관의 구체화 등이 어우러져 시인의 내면 풍경이 실감나게 전해진다.

그의 시편들이 낭만적이고 허무적인 경향을 띠고 있음에도 불구하고 작품으로서 밀도와 힘을 유지하고 있는 것은 이러한 구체적이면서 감각적인 표현 방법에 기인하는 바가 크다. 사실 대부분의 좋은 시늘은 낭만석이고 허무석인 세계관에서 흘러나온다. 시로서의 실패와 성공의 여부는 이러한 세계관의 유무에 있는 것이 아니라, 이를 시적으로 끌어올리는 시인의 힘과 추상성에 떨어지지 않는 구체적이면서 감각적인 표현에 달려 있다고 할 수 있다. 위의 시를 비롯한 시인의 좋은 시편들은 이를 잘 입증해준다.

　시인이 이국 풍경을 불러내는 것은, 이국 풍경이 아니고서는 자신의 내면을 오롯하게 드러낼 수 없기 때문이다. 시인에게 이국 풍경이란 일종의 자극, 혹은 일깨움과 같은 것으로 이는 아래 시에 나오는 구절처럼 "갑자기 들켜버린 마음처럼 나타나는" 그 어떤 것이다.

섣달 중에도 흐린,
옛 만주국의 어느 변방을 걸으면
갑자기 들켜버린 마음처럼 나타나는
러시아 거리가 있다
첨탑 위에 녹슨 별이 있는 곳
마침내 눈물뿐이었던 모든 것들이
1월의 햇살처럼 말없이 빛나는 곳
영문도 모르는 중국 소녀들이
조잡한 가로등에 기대어 서툴게
눈빛을 보낸다 돌아다보면 그녀들의 어깨 뒤로
고작 이백 미터밖에 되지 않는 짧고도 서글픈 과거
그리고 흉금 속에 남아 있는 오래된 이별
흔적은 지워지지 않고 길바닥에 남아
시작도 끝도 모르는 전차의 궤도가 흉흉하다
사라져버린 것과
사라지지 못하고 남은 것과

잊은 듯해도 나부끼는 무슨 약속 같은 것이 섞여
바람이 분다
나는 희미한 바람도 없이 궤도를 따라 걷는다
변방을 벗어나면 그곳 어디인가
섣달 중에도 흐린

—「변방에서」 전문

 이 작품은 마치 한 채의 적산가옥을 그려놓은
듯하다. 옛 만주국의 러시아 거리라는 이국적 풍
경 속에 "마침내 눈물뿐이었던 모든 것들", "흉
금 속에 남아 있는 오래된 이별", "사라져버린 것
과/사라지지 못하고 남은 것과/잊은 듯해도 나
부끼는 무슨 약속 같은 것이 섞여" 있는 곳이 바로
적산가옥이기 때문이다.
 기실 이번 시집의 절반은 이국에서 쓰인 작품들
이다. '북쪽마을에서의 일 년'이란 부제가 붙어 있
는 2부의 시들이 그러하다. 시인이 캐나다에서 1년
간 체류할 때 쓰인 이 연작들은 처음에는 의식적으
로 서한체로 만들어지다가 뒤로 갈수록 서한체가
줄어들고 독백 형식의 일반 서정시 형태로 바뀌어
간다.

이국적 풍경을 배경으로 삼고 있는 이 연작시에서 두드러진 것은 묘사나 비유가 치밀하다고 할 수 있을 정도로 밀도 높다는 점이다. 시인은 이 묘사와 비유를 통해 마치 작심한 사람처럼 집요하게 자신의 내면을 파고든다. 현실과 고국으로부터 떨어져 있게 되면서 그만큼 집중도가 높아진 것으로 보인다. 스스로 내면에서 만든 거리가 아니라, 현실 속에서의 실제적인 거리가 시적 대상을 보다 확연하게 바라볼 수 있게 해준 것이다.

3. 폐정廢井, 운명에의 인식

시인이 이처럼 이국 풍경 속에서만 자신의 내면을 온전히 드러낼 수 있는 것은, 그만큼 시인의 내면과 시인이 현재 몸담고 있는 현실이 불화 관계에 놓여 있기 때문일 것이다.

주목할 점은 시인의 '현실과의 불화'가 일반적 의미에서의 불화와는 그 층위가 다르다는 것이다. 일반적으로 현실과의 불화는 사회적이거나 정치적, 혹은 이념적인 원인으로 해명할 수 있으나 심재휘의 시에서는 이 같은 불화가 겉으로 드러나 있지 않다. 대신 그의 불화는 다분히 실존적이면서 선험적인 것들에 기반하고 있다. 아래 시는 이를 선명하게 보여준다.

무너진 흙담에 둘러싸여 오랫동안 집터인 곳
사라진 집으로 누가 오셨는지
늙은 복숭아나무 잎들이
슬몃슬몃 문 여는 소리를 낸다

신발 한 켤레로 평생을 살다가 돌아와
이제 흩어지기 직전의 바람
집터에 가득 핀 보리가
삶을 탕진한 바람을 봄 햇살 속에 누인다

보리밭에 누워 마지막으로 눈을 떠보는 바람
뒤란 우물에서 한없이 퍼 올리던 앵두꽃 피는 저녁이며
담장에 기대 올려다보던 구름의 질주여
마르지 않고 흩어지지 않던 날들이여

맑은 우물을 기억하는 자의 최후란
이제는 다만 뚜껑이 닫힌
해 질 녘의 어두운 구멍 하나
바람을 불러 잠재우는

폐정 하나를 갖는 것

—「폐정」전문

　　이 시를 지배하는 것은 '시간'이다. 시인은 폐정을 불러내기 위해 "무너진 흙담", "오랫동안 집터", "늙은 복숭아나무 잎" 등 시간 속에 낡아가는 사물들을 하나하나 호명한다. 이 사물들 속에서 의인화되어 등장하는 바람은 삶을 탕진한 존재이다. 그 바람이 보리밭에 누워 마지막으로 눈을 떠볼 때 눈에 들어오는 것은 "앵두꽃 피는 저녁", "구름의 질주", "마르지 않고 흩어지지 않던 날들" 등이다. 유년의 추억과 연계된 이러한 풍경들은 더없이 충만하고 풍요로운, 훼손되지 않은 '온전한' 세계에 가깝다.

　　시인은 이 온전한 세계를 '맑은 우물'로 비유한다. 위에 나열한 풍경들은 이 맑은 우물에 비춰진, 혹은 담겨진 세계이다. 따라서 시인에게 있어 인간의 최후, 즉 죽음의 순간이란 이 우물의 뚜껑이 닫히는 것과 같다. "바람을 불러 잠재우는/폐정 하나를 갖는 것"이라는 표현이 가능한 것은 이 때문이다.

더없이 충만하고 풍요롭고 온전한 세계를 유년이라는 시간과 우물이라는 공간에서밖에 찾을 수 없다는 것은 비극적 인식이 아닐 수 없다. 유년이란 시간이 멈춘, 다시 돌아갈 수 없는 자리이고, 우물이란 타자를 비추기만 할 뿐 자신은 스스로 유폐의 삶을 사는 공간이기 때문이다.

이러한 '시간이 멈춘 유년'과 '닫힌 우물'에 관한 사유는 그의 상상력과 세계관을 결정적으로 지배하면서 시의 핵을 이룬다. 이번 시집의 지배적 이미지, 혹은 상징을 꼽으라면 아마도 이 우물이 맨 앞자리에 설 것이다. 시인은 이 우물을 손바닥에서도 발견한다.

추운 바다를 건너 눈에 덮인 마을에 온 지
한 계절쯤 지나자 숲 속의 길이 드러났다
그리고 내 손바닥에는 작은 우물이 생겼다
집 없는 자의 눈처럼 좁고 깊었다

다운타운이 멀리 내려다보이는 근교
더러 언덕에 공원묘지가 넓었다
유태인 묘역에서의 봄은 죽음보다 더 평화로웠고
중국인 무덤들 근처의 나무 그늘은 비린 향내로 가득했다

그러나 누구든 손바닥 우물에 빠져 죽은 자들은 모두
그들의 묘비에 담지 못한 한마디 말처럼
제 눈물 속에 누워 있었다
(…)

공원에 떨어진 단풍나무 잎들을 태울 때
나는 손바닥을 쳐다보는 대신
숲 속의 길을 걸어 어두운 집으로 돌아왔다
손은 따뜻했지만 손가락 사이로
텅 빈 물 냄새가 새어 나왔다

— 「손바닥 우물」 부분

숲 속의 길과, 이국인들이 묻혀 있는 공원묘지와, 어두운 집을 공간적 배경으로 하고 있는 이 작품에서 시인은 손바닥에 작은 우물이 생겼다고 말하며, 그 우물을 "집 없는 자의 눈처럼 좁고 깊었다"라고 말한다. 이 비유는 마지막 행의 "텅 빈 물 냄새"와 연결되어, 우물로서의 기능을 상실한 '빈 우물', 즉 폐정의 이미지를 떠올리게 만든다.

시인은 인간이란 누구나 손바닥 우물을 가지고 다니는 존재이고, 마침내 이 손바닥 우물에 빠져 죽는 존재라고 말한다. 시인은 손바닥 우물을 갖

고 다니는 이 삶의 행각을 "묘비에 담지 못한 한
마디 말처럼 / 제 눈물 속에 누워 있"는 모습으로
비유한다. 삶을 제 눈물 속에 누워 있는 것으로 비
유하는 시인의 인식은 더할 수 없이 비극적이다.

아직 창밖은 희미하여 옛날 같은데
잠자리에 누운 채 눈을 떠보면
식지 않은 몸만 내 것인 양
물 위로 오롯이 떠오르고 있다
꿈속의 그 많던 사람들 물 밑 아득히
가라앉으며 멀어지고 있다
어느 먼 바람에 잔물결이 잠시 일었다 자고
끝도 없이 넓은 어둠의 수면 한가운데 모로 누워
내 검은 손 하나 오래 쳐다보는 새벽

—「꿈도 없이」 부분

　　이 작품은 시인의 이러한 비극적 인식이 '물 위'
세계와 '물 아래' 세계와의 분리와 단절을 가져오
고, "끝도 없이 넓은 어둠의 수면 한가운데 모로 누
워 / 내 검은 손 하나 오래 쳐다보는" 것으로 자신의
실존을 정의하게 만들고 있음을 잘 보여준다.

4. 울음의 집

이러한 세계 인식 속에서 시인이 할 수 있는 일이
란, 맑은 우물 속의 온전한 세계에 몸과 마음을 담
그고 우물 바깥으로 나오지 않거나, "제 눈물 속에
누워 있"는 삶의 제 양상을 있는 그대로 노래하는
일일 것이다. 시인은 후자를 택했고, 그 눈물 속에
누워 있는 삶의 양상을 가장 잘 보여주는 행위로
'울음'을 선택했다.

가을 풀벌레의 울음소리 하나가
기어코 새벽잠을 깨운다
말간 고요에 귀를 기울여보아도
먼 듯 가까운 듯 들려오던 그 소리는 없고
어둠 속으로 울음을 타전 중인 듯
손이 닿지 않는 등 한가운데가 저릿저릿하다

내가 잠들어 있는 동안
몸속에 고여 있던 어떤 울음이
더듬이 길게 빼고 연신 어디 먼 별 쪽으로
제 소리를 송신하고 있었던 게다
내 몸이 울음의 집이었던 게다
12층 아파트 속 한 줌의 어둠에 앉아 바라보니

찌르륵 찌르륵 퍼져나가는 파문이 보인다

그런데 가물거리는 이 울음은 또 무엇인가
멀리 길 떠난 집이 있는지
그 빈집에 당도한 때늦은 울음인지
벽을 타고 들려오는 아득한 전화벨 소리가
끊어질 듯 울먹이고 있다
첩첩이 쌓인 집들이 다 풀벌레 소리를 내고 있던 거였다

—「울음의 집」 전문

시인은 가을 풀벌레 울음소리 하나에서 "내 몸이 울음의 집"이었음을 인식하고, 더 나아가 자신만이 아닌, 이웃 모두가 이 울음소리를 통해 자신의 실존을 드러내고 있음을 깨닫게 되었다고 말한다.

시인이 이 세계를 울음과 눈물의 세계로 노래한 시편은 이번 시집의 도처에 널려 있다. "새가 밀리 떠나고 나서야 나도/소리 내어 울고 싶어진다"(「지저귀던 저 새는」) "꿈속에서의 울음이 여전히 목에 매달려 있었습니다"(「세월이 가면」) "셀 수 없는 몇 자루의 밤을 몸 안에 품고 오늘은 딸이 운다"(「샤파 연필깎이」) "눈 감은 징검돌들 사이에서 왜 소리 죽여 울고 있나"(「징검돌 위에서」) "먼 곳을 향해

울지도 못하는 나무 한 그루가 있다"(「눈 내리는 한 밤의 전나무 숲」). 시인이 울음과 눈물로 그려내고 있는 이러한 실존의 모습들은 대부분 구체적 상황이나 사태와 직접적으로 연계된 것이 아니라서 다분히 선험적이라는 느낌을 준다.

"12층 아파트 속 한 줌의 어둠에 앉아" 가을 풀벌레 울음소리를 통해 실존에 대한 자각을 하고 있는 위의 작품과 인용한 울음 시편들은 김소월의 유일한 시론인 「시혼詩魂」(1925)을 떠올리게 만든다. 소월은 이 글에서 진리를 인식하는 방법과 영혼의 세계, 그리고 이의 시적 반영 등을 다루고 있는데, 이는 서정시의 본질과 시인의 선험적 능력에 대해 많은 시사점을 던지고 있기 때문이다.

"무엇보다도 하늘을 우러러 보십시오. 우리는 낮에 보지 못하던 아름다움을 그곳에서 볼 수도 있고 느낄 수도 있습니다. 파릇한 별들은 오히려 깨어 있어서 애처롭게도 기운 있게도 몸을 떨며 영원을 속삭입니다. (…) 도회의 밝음과 지껄임이 그의 문명으로써 광휘와 세력을 다투며 자랑할 때에도, 저 깊고 어두운 산과 그늘진 곳에서는 외로운 버러지 한 마리가 그 무슨 설움에 겨웠는지 쉼 없이 울고 있습니다."

이 글에서 소월이 말한 "외로운 버러지 한 마리"의 울음은 위의 작품에서 시인이 노래한 가을 풀벌레 울음소리와 닿아 있다. 그 울음소리가 낮의 세계가 아니라 밤의 세계에서 더 확연하게 인식되고, '영원'을 속삭이는 별과 이어진다는 점 역시 밀접하게 닮아 있다.

소월은 영원한 진리의 세계는 영혼의 세계이며, 이 영혼은 적막, 고독, 슬픔, 어두움 등과 대면할 때 나타난다고 말했다. 그것은 그림자처럼 우리에게 가까이 있지만 낮의 세계 속에서는 발견할 수 없는 것이라고 했다. 소월은 더 나아가 그것을 '죽음에 가까운 산마루'에 설 때 비로소 대면할 수 있는 것이라고 강조했다. 소월의 시와 심재휘의 시가 갈 곳 없는 자의 울음으로 가득한 것도 이 때문이다.

5. 유빙流氷, 흐르는 방

맑은 우물에 가득한 온전한 세계를 보았다 해도 시간적 존재인 인간은 그 속에 머물 수 없다. 이 맑

은 우물의 세계를 벗어나 살아가는 삶이란 덧없을
뿐이고, 밤마다 별을 바라보며 눈물과 울음으로
나의 실존을 확인할 수 있을 뿐이다.

시인이 '이별'에 관하여 반복적으로 노래하는
것도 이 때문이다. "나는 알아버렸네 우리가/한
평생 가질 수 있는 유일한 것은/멀어지는 이별 후
의 다시 다가오는 이별뿐이라는 걸/그리하여 당
신과 또 헤어지는 어느 날/주머니 속에 한 푼의
이별도 남아 있지 않게 된다면/그때 우리는 영원
히 이별하는 것이네/이별과도 이별하는 것이네"
(「두 번째 이별」). 아직 오지도 않은 이별을 미리 노
래할 수 있는 것은 이미 선험적으로 "나는 알아버
렸"기 때문이다. 영원한 이별이란 이별과도 이별
하는 것이라는 도저한 인식은 이러한 선험적 인식
의 소산이다. 이러한 선험적 인식이 유빙의 삶에
대한 인식을 낳는다.

나의 방은 유빙流氷처럼 흘러
북쪽마을에 이른다
눈에 덮인 봄날
이곳에서 유일하게 따뜻한 건 일몰뿐이다
그리하여 전나무 숲은 태엽처럼 어둠에 감겨

나의 방은 고요한 숲 위를 떠다니는 작은 배

밤의 높은 수면 위에서 물속을 들여다보면
예정에 없이 환해지는 장면들 있어서
수돗가에서 어머니는 빨래를 하시고
비누 거품들이 날아오르고
어린 누이와 영원히 날아가기만 하는 새와
떠올랐다가 내려갈 줄 모르는 시소 같은 것들이
부풀어 올랐다가는 터져버린다

지금은 추운 계절인데 어디선가 매미가 운다
날아올라 흩어지는 거품들이 멀어진다
눈물보다 작고 아름답다
어느덧 수돗가에 혼자 남은 어린 내가
힐끗힐끗 하늘 위를 쳐다보는데
나는 나와 눈이 마주칠까 봐
수면 속에 넣었던 얼굴을 들어 사방을 살펴보면

꿈도 없이 하늘도 없이
북쪽마을의 작은 방이다
새벽에 뜬 달이 머리맡의 시계처럼
꼬리를 들썩이며 울고 있다

—「흐르는 방」 전문

이 시는 앞서 열거한 이번 시집의 여러 이미지와 상징들이 한꺼번에 나타나 있는 작품이다. 시인은 밤의 높은 수면 위에서 우물 속을 들여다본다. 거기에는 어머니와, 어린 누이와, 새와, 날아오르는 비누 거품과, 떠올랐다가 내려갈 줄 모르는 시소가 만드는 충만하고 풍요로운 세계가 있다. 그런데 갑자기 어디선가 들려오는 매미 울음소리로 인해 이 온전한 세계는 깨어지고 만다. 시인은 이 풍경을 두고 "눈물보다 작고 아름답다"라고 표현한다.

이 온전한 풍경이 깨어진 자리에는 어린 나만이 남아 있다. 그 어린 내가 하늘 위를 쳐다보자, 성인이 된 나는 그 어린 나의 눈과 마주칠까 봐 얼른 수면 바깥으로 얼굴을 든다. 얼굴을 드는 순간 성인이 된 내가 확인할 수 있는 것이라곤 "꿈도 없이 하늘도 없이 / 북쪽마을의 작은 방"에서, "꼬리를 들썩이며 울고" 있는 새벽달을 보는 외로운 나일 뿐이다.

깨어진 유년과 물의 흔적만 남아 있는 우물을 손바닥에 움켜쥐고 살아가는 삶이란, 이 세상 어디에서도 거처를 확정할 수 없는 "떠다니는 작은 배", 즉 유빙의 삶일 수밖에 없다. 이 유빙의 삶 속에서 우리가 얻을 수 있는 것은 무엇일까. 시인은 그것을 "만질 수 없는 의자의 깊이"라는 멋진 비유로 표현해냈다.

지난여름
뒷마당의 측백나무 울타리 가에
깊이를 가진 의자 두 개를 두었더니
그대가 즐겨 앉고 떠난 한 자리에
오늘은 가을 저녁 빛이 앉았습니다
당신 모습만큼만 앉았다 저녁연기처럼
흩어집니다

아직도 당신이 앉아 있는 저 의자는
밤낮 빈 의자입니다
우리가 한 생애 동안 가질 수 있는 것이라고는
저렇듯 만질 수 없는 의자의 깊이뿐입니다

터질 듯 매달린 가을 열매들 곁에서
비록 아무도 모르게 식어가는 저 의자이지만
그 충만한 허공까지도 내 흔쾌히 사랑할 수만 있다면
서늘한 의자에 그대처럼 앉아보는 나의 오늘이
이렇게 외롭지는 않을 것입니다만

—「빈 의자의 깊이」 전문

시인은 우리가 한 생애 동안 가질 수 있는 것이라고는 만질 수 없는 의자의 깊이뿐이라고 말한다. 앞서 인용했던 시 「중국인 맹인 안마사」에서도 보았듯이 시인은 "손으로 더듬어도 잘 만져지지 않는 것들", "눈을 감아도 자꾸만 가늘어지는 것들"을 이미 알고 있다. 그것이 선험적으로 왔다고 해서 체험이나 경험을 통해 온 것보다 덜 아픈 것은 아니다. 김소월의 말을 빌면 그것은 영혼의 문제이기 때문이다.

시인은 그대를 사랑하기 위해 '충만한 허공'까지도 흔쾌히 사랑할 준비가 되어 있다고 말한다. 그대가 앉았다 떠난 의자의 깊이는 깊어가고, 이 의자를 바라보는 시인의 자세는 '충만한 허공'을 향해 열려 있다.

시인의 이러한 태도는 소월이 시혼을 두고 "우리의 영혼이 우리의 가장 이상적인 미美의 옷을 입고, 완전한 운율의 발걸음으로 미묘한 절조節操의 풍경 많은 길 위를, 정조의 불 붓는 산마루로 향하여, 혹은 말의 아름다운 샘물에 심상心想의 작은 배를 젓기도" 할 때 순간적으로 현현되는 것이라고 한 정의와 일치한다.

아직도 가을 햇빛과, 풀벌레 울음소리와, 밤하

늘의 별빛과, 의자의 깊이를 통해 영혼을 노래하고 있는 시인이 있다는 것은 참으로 귀한 일이다. 어쩌면 우리는 소월이 말한 그 자리에서 너무 멀리 왔는지도 모른다. 가을 저녁 빛이 내려앉은 적산가옥의 뜰 앞에 의자 하나를 내어놓고 그 깊이를 재고 있는 심재휘의 이번 시집은 이 질문을 우리 앞에 툭 던져놓는다.

문예중앙시선 32

중국인 맹인 안마사

초판 1쇄 발행 | 2014년 4월 23일

지은이　　| 심재휘
발행인　　| 노재현
편집장　　| 박성근
책임편집 | 송승언
디자인　　| 권오경
마케팅　　| 김동현, 김용호, 이진규

인쇄　　　| 영신사

발행처　　| 중앙북스(주)
등록　　　| 2007년 2월 13일 (제2-4561호)
주소　　　| (121-904) 서울시 마포구 상암산로 48-6(상암동, DMCC빌딩 20층)
구입문의 | 1588-0950
홈페이지 | www.joongangbooks.co.kr / www.facebook.com/hellojbooks

ISBN 978-89-278-0546-5　03810